Aviso a Bibliotecarios: La catalogación bibliográfica de este libro se encuentra en la
base de datos de la Biblioteca y Archivos del Canadá. Estos datos se pueden obtener
a través de la siguiente página web: www.collectionscanada.ca/amicus/index-e.html

Impreso en Victoria, BC, Canadá.

ISBN: 978-1-4251-8713-2 (soft)
ISBN: 978-1-4269-1998-5 (ebook)

*Nuestra misión es ofrecer eficientemente el mejor y más exhaustivo servicio de
publicación de libros en el mundo, facilitando el éxito de cada autor. Para
conocer más acerca de cómo publicar su libro a su manera y hacerlo disponible
alrededor del mundo, visítenos en la dirección www.trafford.com*

*Trafford rev. 9/24/2009*

 www.trafford.com

**Para Norteamérica y el mundo entero**
llamadas sin cargo: 1 888 232 4444 (USA & Canadá)
teléfono: 250 383 6864 ♦ fax: 812 355 4082

# LA VIDA ES SIMPLE

*Este libro está dedicado a todas las personas que tienen la inquietud de comprender la vida y de ahí descubrir y reconocer su propia creatividad.*

# LA VIDA ES SIMPLE

**Xamanda La Chou**

La vida, los libros, los viajes a Asia, Sudamérica, los Estados Unidos con los indios americanos y Europa, el intercambio con personas "buscadoras", en los muchos seminarios que he asistido y sobre todo a través de mi voz interior, me han permitido plasmar en este libro mis experiencias **desde mi propio punto de vista**. ¿Pero de dónde saca su información esta voz interior? Tal vez, tiene un hilo directo al registro akashico que es otro término de "comunicarse con Dios".

Éste es **mi** libro. Si lo lees y lo integras a tu vida desafiará todos tus principios y sistemas de creencias, y poco a poco, "escribirás" **tu propio libro**. ¡Diviértete con él!. Tendremos algo en común, y lo disfrutaremos cada uno a su manera.

**Xamanda La Chou**

# INTRODUCCIÓN

Fue una vez un viernes (*empiezo este libro con "fue una vez un viernes" en lugar de "erase una vez un viernes" porque sólo los niños creen todavía en cuentos y como éste, tal vez, sea un cuento para adultos, me gustaría que llegara directamente al niño interior de cada uno*) de tarde, alrededor de las 8, a principios de Setiembre cuando recibí una llamada telefónica de una señora que conocí en Filipinas, mientras miraba a unos curanderos operando pacientes con sus propias manos para sanarlos.

Hola ¿cómo estás?. Soy Xamanda La Chou, nos hemos conocido en Filipinas.

*¡Ah!. Sí, sí... eres tú la de los ojos perdidos, con el largo pelo rubio. Sí, sí... te recuerdo muy bien.*

¿Te acuerdas que en aquella oportunidad charlamos sobre la realidad, la ilusión y muchas cosas sobre la vida?. Como tú me has dejado una tarjeta tuya, vengo a contactarte para pedirte un favor. Durante las charlas que hemos tenido, vi que eras un hombre bastante abierto al mundo esotérico y espiritual. Como escribí un manuscrito sobre la vida, **desde mi manera de ver las cosas**, como este mundo se manifiesta en la base de la dualidad, estoy buscando a quien después de haber vivido su vida a través de los ojos de mi manuscrito, me hiciese preguntas desde

8

el punto de vista de un hombre y que quisiese editarlo.

*Ah, sí, me parece muy interesante y me gustaría muchísimo hacer esta experiencia. También he pensado en tí puesto que tus ideas me impresionaron mucho y creo que desde ese entonces yo he avanzado bastante.*

Me gustaría que lo leyeras y lo apliques en tu vida cotidiana, lo compartas con tus amigos y amigas, y que después nos veamos un día en un futuro indeterminado. Y allí me gustaría que me hicieses preguntas. Tú serás mi entrevistador y yo te contestaré tus preguntas basándome en este manuscrito.

*¡Ah fantástico!. Me gustaría mucho, entonces espero que me lo mandes, lo leo,*

*aportaré mi parte y aguardaré a que te pongas en contacto conmigo, ya que yo no tengo ni tu dirección ni tu teléfono.*

Sí, sí. No hay problema. Cuando el tiempo sea adecuado, me pondré en contacto contigo y después nos veremos en algún sitio en Europa.

*Ok, me parece fantástico.*

Muy bien, muchas gracias, diviértete con la vida y ¡hasta la próxima!.

**El Entrevistador**

# LA VIDA ES SIMPLE

*¡Hola! Xamanda, ¡qué divino es este lugar donde se puede ver el llano y observar tantos relámpagos!. En este momento se está formando una hermosa y fuerte tormenta que hace que la noche se transforme en día. Creo que es una buena señal para empezar este libro. Y vamos a ver qué pasa.*

*Escribiré las notas, luego lo analizaré y tal vez lo ampliaré a través de charlas con otros amigos. ¿De acuerdo?. Bien, empecemos.*

### *¿Cuál es tu filosofía principal de la vida?*

Mira "**La vida es simple**" es el título de este libro y si vamos a la base, la vida de verdad es muy simple.

*Sí, creo que sí. Pero me puedes explicar*

**¿por qué la vida es simple?**

Claro, depende del punto de vista que enfocas tu vida. Es importante lo que **tú crees**, porque o estás en el vaso medio lleno, o estás en el vaso medio vacío. Y de esa creencia surgirá la base de tu propia creación. Entonces, como a mí me gusta estar en el vaso medio lleno, mi filosofía de vida es simple. Normalmente, la gente no puede decir que la vida de verdad es simple, pero bajo **mi** punto de vista, sí que lo es, porque...

## Tengo toda la responsabilidad de mi propia vida.

Las preguntas esenciales de quién soy yo, qué me toca en esta vida me han llevado a escribir este libro sobre la vida misma. En ese proceso me he dado cuenta que:

**No tengo influencia en nadie,**
**no tengo responsabilidad sobre nadie,**
**sólo yo soy creadora de mi vida,**
**he escrito el libro de mi vida yo misma.**

Esto es la base de mi vida y a partir de ahí podremos ver cómo llegamos a esta realidad de que la vida es simple.

*Xamanda, recuerdo que tú has mencionado otras posibilidades de títulos para este libro que eran por ejemplo:*

**"Ayúdate a tí mismo porque nadie más puede, ni Dios".**

*Muy interesante este título.*

*Otro que tú me has dado como posibilidad fue:*

**"Mi vaso está medio lleno ¿y el tuyo?".**

¡La filosofía del vaso medio lleno y del vaso medio vacío siempre me ha fascinado!. Sabiendo el hecho que el vaso es siempre el mismo y el contenido también, sólo depende de tu punto de vista cuál de las dos partes eliges. Y por esto es que te he pedido buscar un artista que sea capaz de captar con su arte la magia mística del mensaje profundo de la idea del vaso medio lleno y medio vacío, para que cada uno pueda ver, o por lo menos sentir una parte de nuestra esencia.

*¡Bien!. Otro que me fascinaba era:*

**"El mosaico te lo dice todo".**

La idea del mosaico que vamos a ver más tarde es un tema muy profundo, alejándote algunos pasos y viéndolo desde ahí, se llega a la conclusión que la vida es simple.

*Por último dentro de la variación de títulos el que más me ha impactado interiormente, llegándome a erizar con piel de gallina, fue:*

**"Para comprender al ser humano primero se necesita comprender a Dios".**

*Mira ahora te tengo una pregunta, si tú hablas de comprender a Dios.*

# ¿Quién es Dios para tí?

Dios es todo. Tú eres Dios, yo soy Dios, todos somos Dios. Es que Dios según La Biblia y según muchas creencias en el mundo, es omnipotente, omnisapiente y eterno. Ni tiene principio ni tiene fin. Y en esta palabra omni que **no excluye el no**, está la base del pensamiento más profundo. Entonces, Dios es todo. Pero... ¿nos ponemos alguna vez en el lugar de Dios?. Es casi imposible para un ser humano, pero lo intentaremos.

Es omnipotente, es omnisapiente, sabe todo, es todo, **al mismo tiempo es nada.** No excluye al nada como hemos dicho, no excluye el no. Entonces, se podría decir que todo es también nada al mismo tiempo. Esto es muy difícil de comprender desde el punto de vista de un ser humano.

Pero si nos ponemos en lugar de Dios, Él es todo, sabe todo, todo es instantáneo, es decir **todavía** no existe el tiempo. Entonces **para saber quién es Dios, Él mismo no lo sabe. Y lo sabe no sabiéndolo.** Suena un poco raro pero me parece que tenemos que profundizar un poco.

También Dios se hace la pregunta más famosa: **¿Quién soy yo?** Dios. ¡Ah!. Ahí no se mueve nada en Su Universo, porque Dios es todo y sabe que es todo. En este momento sabe que es todo, puede ser quien quiera en este mundo. Puede ser un Peter Pan, Einstein, un extraterrestre, no importa pues es todo. Si se pregunta **¿qué soy yo?** Dios. ¡Ah!. Ahí tampoco se mueve algo en el mundo de Dios. Porque puede ser un tomate, una banana, un lago, un ovni, puede ser lo que sea. Dios es todo. Entonces...

## ¿Qué es lo que se ha movido y ha creado este mundo?

Ahí nos ayuda un poco La Biblia que dice: "Al inicio, el principio era la palabra", (la palabra también se interpreta como verbo o como logo). "Y la palabra era con Dios. Y **Dios era la palabra**". Entonces...

## ¿Qué será esta palabra?

La Biblia también nos indica que tenemos que **ser como los niños**, ¿qué diferencia hay entre los niños y los adultos?. Tal vez la inocencia, que se guarda como niño interior y que pregunta todo el tiempo ¿por qué?. ¡Ah!.

# ¿POR QUÉ?

Ahí es cuando creo que Dios se ha pre-
guntado ¿por qué soy una banana y no
soy un ser humano?. O ¿por qué soy un
árbol y no una estrella?, ¿por qué soy feo
y no guapo?, ¿por qué soy un hombre
y no una mujer?. ¿Por qué?, ¿por qué?,
¿por qué?. Y todos conocemos el dilema
de por qué nos preguntan por qué, y de
verdad no sabemos dar la respuesta. Así,
algo se ha movido en el mundo de Dios, y
para satisfacer Su **curiosidad,** creó este
universo.

*Xamanda, tú dices que de verdad no*
*sabemos la contestación a esta pregunta*
*¿por qué?. Por ejemplo la pregunta ¿por qué*
*soy un hombre y no una mujer?. ¿Puedes*
*explicarme esto un poco más?.*

¡Claro!, en el mundo de Dios, como sabe
todo, no existe el no saber, pero el no saber

también existe, así que lo que no existe es la pregunta ¿por qué soy un hombre y no una mujer?. Porque en el mundo de Dios y podemos aplicarlo aquí en este mundo de los seres humanos, un hombre es un hombre porque es un hombre. Una mujer es una mujer porque es una mujer. No existe la comparación para Él. Pero para comparar, para saber esta respuesta, **tiene que crear algo fuera de sí**, algo **que es Dios limitado** y este algo, es el ser humano. Nos ha creado. Y nosotros estamos en este mundo dual.

*¿Qué es esta dualidad que tanto hablas?*

La dualidad existe entre sí y no, bien y mal, arriba y abajo, blanco y negro, dentro y fuera, ying y yang, **amor y miedo** (no es el odio, es el miedo que crea el odio), todo esto y muchísimo más. Entonces en la comparación, en el valorar, en el juzgar, ahí entra el hombre, porque allí **Dios no es capaz de tener una experiencia** porque sabe todo, es todo, **no** puede experimentar lo que es ser feo y no ser bonito, ser inteligente y no ser tonto al mismo tiempo, según el punto de vista de quien juzga. Por esto, es que Él ha creado este mundo dual y a nosotros los seres humanos, creándonos en su imagen. Somos Dios y al mismo tiempo no somos Dios. La parte **"no somos Dios"** es el ser humano en su mente, el **"somos Dios"** es el ser humano en su corazón.

La mente consciente, como sede del ego, se divide entre el hemisferio derecho, la parte femenina, que es la intuición, las emociones, y el hemisferio izquierdo, la parte masculina, que es la inteligencia, el razonamiento, el juzgar y naturalmente la comparación. El ser humano en el corazón es Dios manifestándose en simple ser, no juzgando, somos. El sentimiento sería el hilo místico que une los dos hemisferios, y normalmente no podemos comunicarnos de un hemisferio al otro.

*Xamanda he leído en tu manuscrito que tú haces una diferencia entre sentimiento y emoción.*

Según el diccionario, el sentimiento es algo que tú sientes a nivel de alma, que tú tomas parte en esto pero sin juzgar, mientras que la emoción es una reacción a algo. Las emociones son creadas por el ego. Cuanto más grande es el ego, más se engancha en la actividad mental, estamos en el razonamiento, mejor dicho en la comparación, en el juzgar. Ahí es donde se encuentra nuestra parte juzgadora, nuestro juez que no puede existir sin etiquetar todo. Por ejemplo, si nos sentimos tristes nos sentimos tristes porque nos sentimos tristes -nada más y lo sabemos- pero el ego no se conforma con esto, entonces en esta tristeza, que es un sentimiento que viene del corazón o también puede ser de alegría o lo que sea, el ego enseguida se preguntará ¿por qué estamos tristes o por qué estamos alegres?, ¿por qué?, ¿por qué?, ¿por qué?... Y nos da muchísimas razones, muchas etiquetas transformando el sentimiento en una **emoción.**

El ego no puede existir sintiendo porque su capacidad es únicamente binaria, es decir, el cerebro al ser del ego, sólo produce "sí" y "no", a una velocidad muy pero muy alta. Aparentemente, según la ciencia actual, el cerebro produce entre unos trescientos a quinientos mil millones de bits (pedazos de información) por segundo. Pero, conscientemente, sólo podemos conocer o trabajar con unos dos a cinco mil de estos bits por segundo. Es decir, la parte desconocida de nosotros, el inconsciente, es muchísimo más grande que lo consciente. En otras palabras: El consciente es 10 (diez) centímetros de grande mientras que el cerebro tiene una capacidad de más de 20.000 (veinte mil) kilómetros. Pero, el campo de acción del ego está en el consciente.

La interpretación de las emociones, según la ciencia de estos días, son nada más que unas reacciones químicas que están impresas holográficamente en nuestro cerebro intercambiándose con muchos otros programas y **reaccionando** emocionalmente. Para mucha gente, emociones y sentimientos son lo mismo.

**La creación del ego es una de las leyes que nos ha puesto Dios para estar divididos de Él**, que en realidad no lo estamos, pero es una ilusión esta vida y entonces la ilusión existe porque creemos que estamos divididos de Dios, que no somos Dios, que somos seres humanos que es totalmente otra cosa distinta que Dios, es decir, tenemos que olvidarnos de ser Dios.

*Xamanda, tú hablas también de las leyes fundamentales de esta vida, para que pueda producirse este mundo dual, este mundo nuestro que vivimos tan intensamente. Cuéntame*

***¿cuáles son estas leyes que hacen este mundo real?***

¡Claro! una de las leyes es que:

**La dualidad de este mundo está compuesta por una parte de 50% de positivo y la otra de 50% de negativo.**

Esto es difícil de comprender, pero según mis experiencias, es un hecho que si alguien hace algo "bueno", alguien hace algo "malo" al mismo tiempo, para que este equilibrio se mantenga. La maestría de la vida es encontrar lo positivo detrás de lo negativo, aplicando la ley de la dualidad -"no hay mal que por bien no venga".

Otra ley es que:

**Somos lo que creemos que somos.**

Así que nuestra creencia da lugar a nuestro ser en este mundo. Aunque a veces no creemos que creemos: ¡No creo en las brujas, pero que las hay, las hay!. Piensa también en las palabras: "La fe mueve montañas", otra creencia "la fe te sanará", y si es una creencia perjudicial ¡te hace caer enfermo también!.

Otra ley es que:

**Lo mismo jamás es lo mismo.**

No hay nada en este mundo que sea igual. Como no hay ningún hombre o mujer que sea igual a otro u otra, es muy importante darnos cuenta que somos **individuos únicos** que tendríamos que conocer y vivir nuestra individualidad. Pero como ya sabemos, hay lógicamente en esta dualidad, fuerzas que quieren hacernos iguales, esto es parte de este juego llamado vida.

Otra ley es que:

**No existe el pasado, ni existe el futuro, tampoco existe en sí el presente sino existe solamente el momento.**

Y no somos capaces de pensar en el presente, porque el pensamiento que está hecho ya es pasado, y como no existe el pasado entonces sólo podemos memorizar el pasado y podemos memorizar el presente. Y crear una proyección memorizada de lo que vamos a hacer mañana, el futuro.

Hay muchos libros sobre vivir en el presente, pero si nos damos cuenta, si nos fijamos mucho en la realidad de que no somos capaces de estar en el presente -pues es solamente una imagen holográfica memorizada de lo que hemos pensado-

cuando nos ponemos en comunicación con esta parte de la memoria ya sea presente, futuro o pasado entonces, en ese momento, creamos otra imagen **similar, pero nunca puede ser la misma**.

Como ya hemos visto, **la verdad existe únicamente en el hecho de que algo es como es.** Y entonces como somos todos individuos **cada uno tiene su verdad**, la verdad que él cree que es la verdad. Desde ese punto de vista **todos tenemos verdad**, todos tenemos razón y ahí entramos en la guerra de los egos. Yo tengo más razón o tengo razón yo y tú no, y esto también es la base de vivir la dualidad. Pero en realidad, todos tenemos razón, porque somos Dios, y Dios es todo, sabe todo, entonces no es posible que nos equivoquemos, pero nos equivocamos no equivocándonos como es lo paradójico.

*Xamanda, si todos tenemos razón, entonces no tendríamos problemas, pero veo que casi todas las personas en el mundo tienen muchísimos problemas.*

¡Claro! el punto de vista de tener problemas es que tú crees que tienes problemas, pero la verdad es que sólo hay soluciones correctas e incorrectas. Tienes que pensar que nuestro cerebro es como una computadora binaria, es decir, sólo sabe distinguir entre "sí" y "no", claro, a una rapidez muy grande.

Cuando producimos una idea, lo que creemos, nuestro subconsciente **re**acciona a esta creencia. Como tenemos muchas creencias, cada una se comporta como un programa y a veces tenemos varias de ellas opuestas. Es allí donde el ser humano está bajo tensión. Dependiendo qué creencia es la más fuerte, un programa es más activo que otro. Como no se puede borrar ningún programa, sólo desactivarlo, "la reprogramación" se logra a través del sentir, vivir y aceptar estas leyes que hemos visto, las leyes fundamentales de este universo, que todos somos individuales, y que cada uno tiene el derecho de ser como es.

Pero es, como ya vimos, muy difícil saber ¿quién soy yo?. Todos traemos a este mundo nuestra inteligencia natural, que no necesariamente es la inteligencia intelectual. Cada uno necesita saber cuál es su propio don. ¿Qué me gustaría hacer en esta vida?. ¿Cuáles son mis debilidades que al mismo tiempo pueden llegar a ser mis fortalezas?. ¿Qué he venido a experimentar?. No sabiéndolo, es muy difícil comprender todo el mecanismo, porque uno se puede perder fácilmente en todos los programas que vamos adquiriendo a través de la vida.

Venimos a este mundo habiendo elegido a nuestros padres. Así que entramos por la concepción y ahí ya empezamos a ser programados. Nuestro programa básico es ser inocentes, divertirnos y vivir lo que nos da la gana en libertad, sin perjudicar a nadie. Pero ya después de la concepción, o mejor dicho durante ella (como veremos en la parte de la astrología), ya recibimos informaciones, programas en nuestro subconsciente que nos hace ser de una manera, que tal vez no sea nuestra propia esencia.

El haber elegido nuestros padres es también una verdad muy pero muy fuerte para muchos, y sobre todo para algunas madres de aceptarlo.

*Yo también tuve esa experiencia. Sí, sí... me acuerdo muy bien Xamanda, que cuando yo le dije a mi madre que ella había elegido a sus padres, ¡uy! fue uno de los choques más fuertes que hemos tenido en nuestra relación, pues ella odiaba a su padre ¡y no podía aceptar el pensamiento de haberlo elegido ella misma!.*

Sí, sí... esto pasa muchas veces con una información así, pero tal vez aceptándola y digiriéndola, podemos sanar ciertas cosas. Durante el embarazo recibimos muchas informaciones de los padres y del entorno, por ejemplo: Cómo se llevan, si somos deseados, etc. Hay toda una filosofía sobre este tema de las experiencias prenatales.

Más tarde, viene el shock de entrar en este mundo después de haber pasado dentro de la madre un tiempo bastante protegido, muy cálido, muy cariñoso. Cuando entramos a este mundo ya nos fuerzan a gritar. A partir de ahí, no cesan las influencias en programarnos cambiando nuestra esencia auténtica. Primero, la madre, que es una parte muy fuerte en nuestra vida, la dependencia de ella, que puede durar toda la vida con todas sus consecuencias.

*Sí, sí, me intrigó mucho lo que has dicho sobre el papel de la madre.*

Sí, sí, ya me lo imagino. Es que la madre instintivamente sabe que el bebe que acaba de nacer es su propia carne, su propia sangre, es parte de su propio cuerpo, todo es suyo, independientemente de la parte física del hombre, que serán ¡algunos pelitos pero nada más!.

Yo soy madre de tres hijos por lo tanto sé de lo que estoy hablando. La madre normalmente bajo el pretexto de amar, no abandona la protección o la posesión de sus hijos a través de la vida. Es por eso, que tenemos una programación muy fuerte de nuestro ser inocente. La influencia de la madre nos impone el carácter, el cordón umbilical sólo se corta físicamente, casi nunca psicológicamente y solemos sentirnos manejados a distancia por ella, incluso ya siendo mayores! Como veremos también en la parte astrológica, la luna representa a la madre en el parto, el sol representa al padre y nos deja muchas huellas.

Luego, viene la programación o la domesticación, ya que me gusta más esta última palabra, porque si siempre hablamos de programas pensamos tal vez que sólo somos robots, que sólo hay ceros y unos.

Como ya lo he dicho, hablamos solamente de la influencia de nuestro inconsciente y de lo consciente. No hablamos de corazón, puesto que ahí no hay juicios no hay comparación, porque es el centro de amor.

Aquí también podríamos hablar de lo que es *AMOR* de verdad. Sobre amor, se han escrito miles de libros y siempre se habla de él, pero casi nunca de verdad se ha dicho lo qué es el amor. Porque cada uno tiene una proyección diferente de esta palabra. Creo que lo más simple es: **Acepto a lo que amo como es, no como yo quisiera que sea.** Entonces ahí ya se ve que es otro mecanismo, ya no se puede decir que es un programa sino que esto es nuestra esencia natural de aceptar las cosas tal como son, aceptándonos a nosotros mismos como somos.

Posteriormente, sigue la domesticación, a través de la influencia del padre. Muchas veces, los hijos compiten con él, o el mismo padre es el que compite con ellos ya que ahora tiene en casa a su amante transformada en madre, y siente que le va a faltar una parte de lo que ha vivido hasta aquí. Es muy natural y explicable. Son pocas las mujeres que entienden este proceso de dedicarse tanto a esta nueva "propiedad", así que el papel de ser mujer y madre es muy crucial.

El instinto de la madre no tiene la intención ni consciente ni inconscientemente de soltar y de cortar el cordón umbilical definitivamente. Cordón que sobre todo entre los hijos y la madre es más fuerte.

Se nota muy bien en el horóscopo que los hombres están buscando una pareja, pero de verdad, están buscando una parte de la madre, así como las mujeres buscan al padre en la pareja y esto crea nuevos conflictos.

Después viene la domesticación de la familia, de la sociedad, de los maestros, que también es muy fuerte. Todos ellos nos obligan más que a comprender a aprender mucho y a utilizar básicamente el hemisferio izquierdo con la inteligencia intelectual. Normalmente, nadie nos enseña **cómo** aprender. Un método importante es la definición a fondo de cada palabra que no entendemos, por ejemplo: El no comprender el significado de la palabra "matemáticas" puede bloquear el interés y la propia comprensión sobre ese tema. Aunque venimos a este mundo con una inteligencia natural en el trayecto de la vida perdemos el contacto con ella y nos imponen el sistema en el que hemos aterrizado.

Obviamente, después vienen las experiencias con los amigos y amigas, con la gente del trabajo y por fin con una pareja. Así somos una mezcla de tantas influencias que muchas veces nos perdemos de verdad, reaccionamos más que accionamos y perdemos nuestra esencia casi por completo.

Pero jamás podemos perder una experiencia, todo está en cada célula de nuestro cuerpo. Allí está toda la vida, quiénes somos, lo que hemos vivido. Para acordarnos de quién somos podemos utilizar la meditación, y el vivir en la naturaleza, el abrazar y sentir un árbol puede ser muy sanador. Este libro en cierta forma quiere dar una indicación de cómo se puede reestablecer y reencontrarnos con esta esencia pura que somos.

*Xamanda ¿no hay técnicas para volver a nuestra esencia, para reunirnos con nosotros mismos, con quiénes somos, cómo hemos llegado a esta tierra?*

Sí, una es la astrología, otra es la meditación y el reconocer que somos Dios. Es que en la escena esotérica hay muchísimas maneras de sanarse. Lo que a mí me impresiona mucho es

**la imagen del mosaico.**

Pero quiero explicar que para mí, ahí está el secreto más fenomenal. El mosaico está hecho por muchas piedritas, algunas blancas, otras negras y también de muchos otros colores. Unas piedritas forman una nube, una casita, un sol, tal vez algunas personas. Pero como somos seres humanos serán muchos personajes los que encontremos en el camino de nuestra vida. Así que todas estas "piedritas" somos nosotros. Es como con el mosaico, cuando nos alejamos un poco de él, nos surge una imagen totalmente diferente que es mucho más que toda la suma de las piedritas. Y esto es lo que me fascina. Saber de la existencia maravillosa de la imagen, del mensaje que nos da el mosaico.

Cuando doy una lectura de una carta astral, siento con mucho placer, por unos momentos, casi toda la esencia básica de un ser a través de todas las informaciones cual piedritas de un mosaico.

Otra forma de conocerse mejor a sí mismo es el

**método del espejo.**

*¡Ah!. Sí, sí, el espejo. ¡Uy, uy, uy!. Esto también me ha costado mucho tiempo comprenderlo, pero veo que es de los más ricos en información.*

Sí, el espejo es la resonancia de afuera. Pero, nada de afuera puede resonar emocionalmente en nosotros, sino hay algo igual **dentro** de nosotros. El mundo de afuera es nuestro espejo del mundo interior, cómo lo percibimos es cómo nos estamos viendo, o desde la parte positiva de la vida, o desde la parte negativa. Es muy difícil aceptarlo porque a veces el espejo nos hace ver partes muy feas nuestras. Si miramos imágenes y temas con violencia, morbo, terror, etc. todo esto es casi incomprensible asociarlo a nuestro interior, y mucha gente dice que el método del espejo no es la verdad. Pero es una verdad muy simple porque somos tan únicos, somos creadores de nuestro mundo, no tenemos la capacidad de influenciar a los demás, como ya he dicho antes.

Según nuevos descubrimientos ni nos tocamos. Esto es algo asombroso también. Si yo toco tu brazo, nuestros cuerpos están lejos de tocarse de verdad, sólo la información de la intención del toque es lo que nos llega a nuestra conciencia, creando una reacción química en nuestros cuerpos del toque, pues la materia es tan chica que únicamente es un punto en el universo, esto es impresionante. Quien quiera saber más, hay mucha literatura y hasta películas sobre este tema. Y no hablo del aura que es una capa de energía que está alrededor de nuestro cuerpo.

Todo es exclusivamente una experiencia, y la palabra experiencia es para mí la esencia de nuestra vida. Si dejamos de juzgar, todo es una experiencia, lo peor que nos puede pasar es nada más que tener una experiencia. Dios no es capaz de vivirla él solo.

A través del espejo, vemos al mundo de afuera, y nos llegan millones de informaciones, y cada información nos toca en un programa que tenemos dentro de nosotros. Así se crea la resonancia. Y la **ley de resonancia,** como la **ley del caos** y el **orden en el caos,** también son partes fenomenales, interesantísimas para comprender esta vida.

Otro método es el de **hacer callar o tranquilizar la mente** ya que hay mucha gente que se calienta la cabeza, se machaca por algo que les ha pasado por no poder tomar la responsabilidad enseguida.

Un método útil para burlarse en cierta forma de la inteligencia del ego de la mente son

**los cálculos falsos.**

Por ejemplo: 5 más 3 son 523, menos 3 son 1.300, más 5 son –5, más 33 son 1.320, etc., etc. Y si tú lo haces adrede, harás casi que se produzca un cruce en la lógica del ego de tu mente, porque ella se pierde totalmente y tú te recuperas y te alivias por unos instantes. También darle al ego la orden de leer una página en blanco produce el mismo efecto. La verdad es que todo es una ilusión y que el ego sólo existe para esta experiencia que llamamos vida.

Otro tema es que los hombres están siempre compitiendo. Mucha gente necesita la competencia, es todo un juego del ego que nos sirve sólo para alimentar nuestros vicios. Los vicios se forman al no saber frenar la ansiedad por algo. Nada más. No estamos en control. Entonces competir para mí es perder, porque ambos pierden.

Hay una fina línea en todas las relaciones entre humanos, donde hay un punto de encuentro, donde se puede buscar que los egos estén de acuerdo. Es muy fina esta línea, donde ganan los dos, porque cada uno quiere tener razón. Yo sé más que tú, tú has dicho esto, pero como ya vimos en el espejo, si alguien te dice: Tú eres un imbécil, se lo está diciendo de verdad a sí mismo, pero nosotros caemos en el error de tomarlo personalmente, ¿no?, porque tal vez, también lo hemos dicho a otros y ahí ponemos a funcionar la ley de la resonancia. Pero la verdad muy fundamental, es que cada uno se habla a sí mismo y ahora puedes mirar a todas las personas que hablan como los loros, como por ejemplo yo, me digo todo esto a mí misma.

Y aquí es un momento especial, para decir que este libro, lo he escrito únicamente para mí. Si alguien quiere participar y tal vez aprender es su voluntad y su responsabilidad. Por eso, no hay copyright de todo lo que yo digo aquí, simplemente les invito a compartirlo.

Un tema que no hemos tocado todavía es el de **las enfermedades.** Como sabemos éstas se crean, tienen su origen siempre en un desequilibrio psíquico. Éste es un tema muy profundo y hay muchos libros que hablan sobre ello. Pero creo que somos capaces de curarnos, de sanarnos. El cuerpo enfermo es el último grito que nos avisa que no hemos escuchado a nuestra voz interior y que nos estamos alejando de nuestra fuente, de nuestra propia esencia. La enfermedad viene también de usar el poder del **pobre yo** para llamar la atención y la misericordia de los demás, ya que en ese estado nos sentimos muy débiles e incapaces de recibir el cariño de los otros, por eso, la mayoría de las personas usan inconscientemente el método de caer enfermos para que los atiendan.

Sólo quiero contarte una historia que conozco a través de una amiga, por lo tanto sé que es verdad:

Un paciente, un amigo de ella, fue diagnosticado con cáncer total y sólo le daban unas cuatro o cinco semanas de vida. Era un ser muy especial, siempre hablaba bien a todos, jamás tenía un exabrupto por nada, todos lo apreciaban por su manera de ser. Una noche, luego de conocer su diagnóstico, manejaba por las calles y al llegar a un semáforo, una mujer se le subió al coche y quiso robarle. Él colocó sus manos sobre su cabeza y comenzó a decir "es increíble, me estoy muriendo y me quieren robar". Su rostro comenzó a quedar rojo como una grana, como si fuese a explotar. Fue allí, que comenzó a defenderse con toda su bronca acumulada durante toda su vida, y con sus puños empujó a la mujer fuera de su auto.

Unos días después, los médicos le hicieron nuevos estudios y lo encontraron absolutamente sano. ¡Aquel hombre por primera vez se había permitido expresar sus emociones negativas para sobrevivir!.

La forma de manifestarse una enfermedad nos indica también dónde y cómo somos infieles a nosotros mismos.

*Xamanda. Ahora me parece una buena oportunidad de terminar esta parte, hemos llegado a un punto donde el más podría transformarse en menos. Es decir ¡hay suficiente información por el momento como para incorporarla, experimentarla, practicarla y/o compartirla!*

¡De acuerdo!. Al igual que en cualquier novela de misterio, en las últimas páginas se resuelve todo de una manera simple, también yo quiero brindarte la llave mágica y la vía rápida de mantener la vida simple: Como la palabra ¿Por Qué? nos ha inducido a entrar en esta vida "caótica", y obedeciendo a la ley de la dualidad debe de haber también otra palabra de escape que es:

# ¡Y QUÉ!

*¡Ja!. ¡Ja!. ¡Y cómo funciona!. ¡Y cómo libera!.*

Como la vida nos va a seducir de nuevo a tirarnos dentro de la vorágine de la existencia humana, esta vez lo haremos de forma más consciente y hasta sabremos divertirnos en ella.

*ANEXOS*

# 1. CÓCTELES

**INGREDIENTES:** Tu llamada, un sitio para estacionar, la lluvia, la rosa, mi vecino, el chocolate, el sol, cinco kilos de más, ver televisión - leer periódicos, influencia de los demás, la necesidad de comunicarse, el trabajo, la individualidad, el amor propio, los adolescentes, las ciudades, las personas y su educación.

Como la vida es una mezcla de experiencias que dependen en su esencia de los puntos de vista de cada uno, aquí tienen dos cócteles diferentes, enriquecidos de diversas emociones, uno, saboreado como bebida desde el vaso medio vacío y el otro, desde el vaso medio lleno:

## CÓCTEL «MALA ONDA»

- ¡¡Pucha!! Ya me llama otra vez.
- Nunca encuentro un sitio para estacionar mi coche.
- Siempre está lloviendo y sobre todo cuando no tengo mi paraguas conmigo.
- La rosa tiene espinas y se marchita pronto.
- Mi vecino me es muy desagradable y sus hijos hacen siempre mucho ruido.
- El chocolate engorda.
- El sol envejece mi piel.

- Tus cinco kilos de más te hacen gorda y fea.

- Necesito la adrenalina que me provoca ver televisión y leer los periódicos pues me doy cuenta que hay muchas personas que les va peor que a mí.

- Mi vida está influenciada por los demás y así me siento muy a menudo como pobre yo.

- Las charlas con otras personas me fastidian, principalmente cuando no soy el centro.

- Trabajo sólo porque necesito dinero.

- Tú eres demasiado egoísta porque no quieres hacer lo que yo te pido.

- Nadie me quiere y sólo quieren aprovecharse de mí.

- Los adolescentes siempre quieren salir y disfrutar la vida en vez de pensar en su futuro.

- Las ciudades están sobre pobladas y llenas de mala energía.

- Personas sin educación universitaria no me interesan pues son tontos y aburridos.

Se mezclan todos estos ingredientes con la convicción de que la vida es pesada aunque existan momentos felices.

## CÓCTEL «BUENA ONDA»

- Tu llamada siempre me interesa.
- Siempre hay un sitio esperándome para estacionar mi coche.
- La lluvia puede ser romántica y sobre todo es buena para la naturaleza.
- La rosa es bonita y huele bien, es una flor maravillosa.
- No es de mi preferencia hablar a menudo con mi vecino, pero su mujer es muy simpática y sus hijos llenos de vida.
- Me encanta el chocolate pues no me engorda si no lo creo.

- El sol me da energía.

- Tus cinco kilos de más me gustan, pues me invitan a acariciarte.

- Después de ver televisión o leer el periódico me siento peor que antes, pues prefiero leer un libro o caminar por la naturaleza.

- Organizando mi vida con placer y alegría, me es más fácil tomar la responsabilidad.

- Siempre me interesa mucho lo que dicen los demás pues lo que yo tengo para decir ya lo sé.

- Me gusta trabajar pues me causa mucho placer ser creativo.

- Me fascina la manera en que vives tu individualidad, me parece que tú eres muy fiel a tí mismo.

- Me quiero y estoy contento conmigo mismo así no dependo de los demás, de esa manera ellos pueden darme lo que quieren y yo les puedo dar lo que yo quiero.

- Los adolescentes son alegres y están contentos de experimentar plenamente la vida.

- Menos mal que la mayoría de la gente vive en las ciudades así hay más tranquilidad en las afueras y se puede disfrutar mejor la naturaleza.

- Se puede aprender mucho sobre la vida y la naturaleza con la sabiduría de la gente simple.

Se mezclan todos estos ingredientes con la convicción de que la vida es bonita a pesar de que a veces no lo parezca.

Dándonos cuenta que **el sujeto de cada ingrediente en ambos cócteles es siempre el mismo** nos ayuda a concientizar que ¡todo depende principalmente de nuestras decisiones!

# 2. MÁS INFORMACIÓN

A continuación hay más enfoques interesantes a tener en cuenta, en el camino a la vida simple.

• **Tenemos que evolucionar, tenemos que educarnos, tenemos que adquirir mucha sabiduría** esto es naturalmente una manera, un programa que nos desvía mucho de nuestra inteligencia natural y nos ubica más en la parte izquierda de nuestro hemisferio cerebral y perdemos conexión con la intuición, pues la información siempre nos llega cuando la necesitamos.

• En el mundo esotérico hay otro tema y es el de **la iluminación.** Durante mis viajes, en los seminarios que he participado, me he cruzado con mucha gente muy interesada en este tema. Incluso en internet puedes hablar con los iluminados. Puede ser instructivo leer sobre este tema, y quizás sea muy sanador dedicarse a esto. Pero, como ya sabemos, todos ya somos iluminados, así que buscamos algo que ya somos, ¿no? es como el gato que está buscando su rabo. Me parece un juego interesante.

Según mi opinión, el estado de iluminación de una persona depende de su comportamiento en el manejo relativo de las fuerzas duales de energía, tanto positivas como negativas, mostrando la capacidad de experimentar y vivir ambas fuerzas en unidad.

• Otra manera de enfrentarnos con las verdades de los demás, es **ponerse en los zapatos de los demás.** Un dicho de los indios americanos dice: "Ponte 30 días en los mocasines de tu enemigo y lo comprenderás".

Como somos perfectos, no podemos equivocarnos, somos capaces de ver a través de los ojos del otro y allí ver la otra verdad. Ahí comprendemos, no entendemos, sino que comprendemos al otro porque en **su** lugar haríamos lo mismo y cuanto más comprendemos a los demás, más nos comprendemos a nosotros mismos.

Al mirar a través de los ojos del otro podemos sentir, sin juzgar y percibir su lucha interior y esto es algo muy revelador. Y de esta manera, evitar crear oportunidades y campos para luchar más. Sabiendo además, que la crítica surge de la inseguridad de sí mismo. La inseguridad, el complejo de inferioridad e incluso la baja estima que hemos adquirido a través de las muchas domesticaciones o lo que sea nos lleva a criticar a los demás.

• Como veremos, **el uso de las palabras** puede ser muy tramposo. Si una persona está enojada, muchas palabras raramente sanan su enojo. A veces sólo un abrazo o simplemente un apretón de manos o una mirada de comprensión, logra calmarla más fácilmente.

Hay un dicho que dice: **Un sufrimiento compartido es la mitad de sufrimiento** como **alegría compartida es doble alegría.** Esto ya lo conocemos todos. Por eso a mí me gusta siempre compartir con otros todo lo bonito de la vida y evito si puedo, compartir la parte negativa de este mundo.

Una de las experiencias para mí más divertidas, la que más me llena, es sacar el niño o la niña interior de los

demás. Allí entramos, en la mentali-
dad de un niño aflorando su espíritu
alegre, aventurero, inocente, que le
hace reconocer espontáneamente:
¡Caramba, esto parece divertido!.
¡Uauh!.

• Algo más que nos limita es: **Sentirnos culpables.** Esto viene de la domesticación o de la competencia con
el padre, por ejemplo: "Yo no puedo
hacer todo lo que él piensa que tengo
que hacer, no llego a sus expectati-
vas". Lo mismo sucede con una pareja. "La quiero mucho pero pienso
que no soy lo bastante bueno", no
dándonos cuenta que cada uno tiene
que satisfacerse primero a sí mismo
para ser feliz. El método del espejo nos
enseña que "mal podemos dar lo que
no tenemos".

Esta culpa que tenemos dentro de nosotros o **el pobre yo,** nos hace sentir la necesidad de ser castigados. Esto lo veo mucho en gente que es muy infeliz, por sentirse culpables y sentir que no valen nada -el pobre yo-, atraen como un imán la negatividad.

En este mundo -como ya dije- reina 50% la parte positiva o seres positivos y 50% la parte negativa o seres negativos. La energía negra y la energía blanca. Cada una de ellas, "se alimenta" de nuestra información, de nuestra esencia, de nuestra energía, así que si nos "enchufamos" en lo positivo, "alimentamos" a esta parte positiva, pero si nos "enchufamos" en lo negativo, como por ejemplo, mirando películas de guerra o informaciones de violencia o de cosas de horror, en la crítica, entonces, nos enchufamos en el otro polo y damos alimentación a lo negativo de este mundo. Lógicamente es un juego entre estas dos fuerzas.

- Mi voz interior, me dijo que hay **maestros negros y maestros blancos**. Estos últimos deben bajar su alta vibración de ser blancos, porque en ese nivel de vibración no los entendemos y tienen que hacerse "gris". Los maestros negros también tienen que ponerse "gris" para comunicarse con nosotros. No es nada fácil de conocer el origen que tiene el "gris". Esto es algo que me ha fascinado, que me ha hecho sonreír muchas veces cuando escucho o leo libros sobre la canalización de informaciones a través de un médium. Me doy cuenta que también ellos tienen que someterse a las leyes de la dualidad de este mundo.

- Otro tema es **la libertad,** ya veremos en el capítulo sobre la Astrología, que la libertad en el agua es Piscis y la libertad en el aire es Acuario. El drama que surge de la búsqueda de esta libertad es la búsqueda en sí. O somos libres o no somos libres. Siempre somos libres, sólo nuestra domesticación o nuestra aceptación de muchos programas domesticadores nos hace prescindir, no ser consciente de ella. Libertad también quiere decir **liberar al ego y no liberarnos del ego.**

Soy libre y me reconozco a mí mismo porque he trabajado mucho con estas energías. En cuanto al tema de las energías, es fundamental saber que la ciencia ha confirmado que en este universo la energía nunca se pierde. Siempre existe la misma suma de energía, sólo cambia de forma, es decir, una bronca tiene una energía negativa pero la suma de las partículas energéticas es la misma, sólo tiene más negatividad que positividad, pero la energía es la misma. Y cuando se resuelve esta bronca y por ejemplo dos seres hacen las paces, esta energía negativa se convierte en positiva.

Nuestro cuerpo contiene más o menos 80% de agua. Según descubrimientos recientes, **el agua es un mensajero de información** pudiendo transformar partículas positivas en negativas y viceversa según la intención consciente o inconsciente del ser humano, dependiendo del punto de vista del vaso medio lleno o medio vacío.

A través de la domesticación adquirimos **energías ajenas** a nosotros (de la madre o del padre, etc. y un ejemplo sería «sal de la corriente de aire porque te vas a enfermar») cuando nos molestan podemos mentalmente devolverlas al origen limpiándonos, aliviándonos, asumiendo la responsabilidad de que hemos aceptado estas energías en algún momento y que ahora no queremos más. Éste es el juego fundamental de esta vida, de este universo, que creo no tiene límites.

• Una verdad que me impresiona es: **Sólo el débil quiere ser fuerte, nunca lo contrario.**

• Como hemos visto, toda la vida es nada más que una suma de puntos de vista. Uno de ellos es que **la acción crea abundancia.** No la reacción. Cuando tengamos la creencia que en el universo existe abundancia, es importante que pongamos toda nuestra intención, toda nuestra fe, tendremos abundancia.

Pero en el camino a esta abundancia palabras muy conocidas y empleadas nos frenan, son obstáculos, como por ejemplo si decimos: "Siempre", "desearía", "nunca", "nadie", "todos", "me gustaría", "quisiera", "en caso de que", etc. Estas palabras nos ponen piedras en nuestro camino hacia la abundancia porque el inconsciente que es el que produce la acción, sólo se queda clavado en "el quisiera", etc. Y nos suministra muchas "quisiera-situaciones". Procura evitar las afirmaciones negativas ("quiero ser feliz pero no lo veo posible") y los deseos en sí ("quisiera o quiero ser feliz") llamando a la duda.

Es importante que seamos conscientes de que estas palabras pueden provocarnos escasez en vez de abundancia y también la elección de las palabras positivas ("soy feliz") nos ayudan mucho.

- Un producto secundario de la teoría del espejo también es **¿quién es nuestro enemigo?**.

*Tengo una anécdota al respecto. Un día, hablando en un coche con mi mejor amigo sobre sus enemigos me dijo: "Cada vez que pienso más y más que mis enemigos me pueden hacer daño, me doy cuenta que algo falla en eso de que hay un enemigo afuera". Entonces le dije: "Sí, sí. Tal vez te das cuenta que **sólo hay un enemigo en la vida**". Él me miró y se echó a reír y lo tengo muy presente porque todo el coche* *bailaba como loco de tanto reírnos. "¡Sí, sí nosotros somos el único enemigo que hay en este mundo!". Y esto fue tan revelador que nos reímos hasta brotar lágrimas. Y de ahí en más nos es muy difícil aceptar lo del enemigo de fuera.*

¡Qué buena revelación!.

- Otro tema más para profundizar sería **no podemos ver un pensamiento, ni el vacío ni la nada** sino sólo experimentarlos. El hecho de que este mundo esté construido a través de pensamientos nos ayuda a comprender esta ilusión tal vez mejor.

Un reciente descubrimiento ha probado que el cerebro no hace ninguna diferencia entre lo visto y el recuerdo memorizado de esta misma visión. Es decir que para el cerebro no hay ninguna diferencia entre la realidad y la fantasía. ¡Uhao!.

• Otro sería, que a través de la domesticación muchas veces somos infelices y tenemos que ("tenemos que" lo utilizo como camino) **decidirnos a ser felices, decidirnos a ser positivos,** mejor dicho **estar contentos** que me agrada más, porque tiene una onda mucho más pequeña que felicidad, y por tanto atrae menos la intención opuesta, es todo un tema de elección.

Si tú quieres evitar algo desagradable ya estás concentrando tu energía en lo desagradable y sólo por ahí puede entrar en tu realidad. No luches lo negativo sólo cambia tu enfoque. Por eso te aconsejo enfocarte únicamente en todo lo positivo y agradable.

- **La suposición en nuestra vida es algo que nos crea mucho fastidio.** Suponemos tantas cosas de los demás sin tener la mínima idea de lo que el otro quiere decir o quién es el otro. No entramos en el mundo de los otros. Creo que si dos personas se encuentran, cada una tiene su propio mundo que ni se tocan, ellas crean un **tercer** mundo y ahí sí se pueden encontrar. Una manera positiva de crear este tercer mundo, empieza con la comunicación respetuosa, creando realidades en común y es ahí donde empezamos a sentirnos bien, puesto que surge la mutua simpatía y afinidad.

Nuestra esencia tiene muchísimas facetas. Con cada persona que nos relacionamos, nos conectamos con una de estas facetas desconocida hasta ahora por nosotros mismos. Por lo tanto, se generan muchos **"tercer mundo"**, y cada uno de ellos es **absolutamente único.** Pero el ego no está de acuerdo que estos mundos sean independientes el uno del otro, pues está convencido que su existencia sólo puede probarse a través de la comparación y del juzgar, creando de esta manera celos y envidias.

• Un pensamiento que tiene algo muy profundo, es: **El que busca es lo que se está buscando.** Es paradójico. Somos Dios sin saber que somos Dios, viviendo Dios. Esto me lleva a pensar cómo se comunica Dios con nosotros.

Toda la vida es energía en forma de ondas. Cada onda tiene una parte de arriba y una parte de abajo. Aceptamos que lo de arriba es lo positivo y lo de abajo es lo negativo. Entonces donde se cruza lo negativo con lo positivo -en la subida o en la bajada- hay puntos y ellos van a formar una línea recta y ahí está Dios "esperando" las informaciones, así que Él está siempre al corriente. Todo esto es también muy paradójico y muy difícil de comprender. Pero una vez, que se ha aceptado esto como hecho es mucho más fácil comprender lo incomprensible o ver lo no visible, sentir lo no sentido y oír lo no dicho.

*Xamanda, con referencia a este tema, me acuerdo de una experiencia: Una vez en un seminario con un chamán de los indios*

80

*americanos hablamos sobre poesía y como*
*a mí no me gusta mucho, presté atención*
*en lo que la gente decía entre líneas y me*
*divertí mucho.*

Creo que si puedes leer entre las líneas de este libro, también te vas a divertir mucho.

- Otra cosa es **¿existe el libre albedrío?**. Como vemos, sí que existe pero no para el ego, pues éste ante esa aceptación, teme por su existencia. Nosotros mismos hemos escrito nuestro libro en compañía de todos los que nos rodean y nos dan la posibilidad de vivir una vida muy intensa. Somos autor, director y protagonista al mismo tiempo en nuestra película.

Por otro lado, el ego sí afirma las siguientes preguntas:

**¿Existe el pecado?.**
**¿Existe el karma?.**
**¿Existe la reencarnación?** (¡con necesidad del tiempo!).
**¿Existen las vidas paralelas?** (¡sin necesidad del tiempo!).
**¿Existe la sincronicidad?.**

Lo que realmente importa es lo que tú crees o te han hecho creer y cómo resuena en tí.

• Lo que es interesante es **cuando se apaga la luz** de nuestra película. Después de tantas experiencias simplemente se apaga la luz y esto se llama muerte. Lo que queda es nada más que "la pantalla blanca" que siempre existió. Así que la muerte no es nada más que apagar la luz. Sin luz no hay sombras y por lo tanto no hay vida, **volvemos a la Nada que es el origen de Todo**.

Pero ¿de qué manera nos vamos de esta tierra?. He visto dos lápidas de tumbas, en una estaba escrito **"nació muriéndose"** y en la otra decía **"vivía cuando murió",** y éstas son dos vidas con sus enfoques totalmente diferentes. Y me gustaría que cada uno viese o se diese cuenta cuál será su lápida en su propia tumba.

- Un decreto que me gusta es: **Todo está en perfecto orden absoluto,** la única "enfermedad" es la manía del ser humano de cambiar algo en este orden, es decir, cuando fluimos en la vida como el agua fluye dentro del río, entonces la vida también se nos presenta bastante fácil y simple. Pero si nos ponemos en la cabeza cambiar algo en esta fluidez, ahí nos surgen situaciones desagradables.

• Otra frase que me agrada es que **si comparas, la comparación necesita el pasado** que en sí no existe, el comparar es una de las maneras de complicarnos la vida.

• Piensa un poco sobre las **estructuras piramidales y las jerarquías.** Si tomamos una empresa que tiene un nombre, en sí no tiene ninguna energía propia. Tampoco la tienen una religión, un club, una secta, asociaciones, partidos políticos, etc., ya que necesitan del apoyo, de la alimentación a través de las energías de sus miembros. Si es piramidal o jerárquica la gente de abajo da energía y no siempre puede recibir lo que ha ofrecido a esta estructura. Y cuanto más arriba se va, más estrecha se pone y ahí entran los grandes juegos de los egos: Poder, competencia, intrigas, etc. Allí hay una escasez, aunque a veces esta gente gana mucho dinero pero pierde a pesar de todo mucha esencia de alegría. Esto es algo que me impresiona mucho, por eso yo he dejado de entrar en estructuras piramidales, ya sea en un club de fútbol o en cualquier otra asociación. Todo esto son estructuras piramidales que me absorben más energía de la que recibo, pues no podrían sobrevivir porque no tienen energía **propia**. O si entro, lo hago conscientemente dando tanta energía como la que quiero dar y no la que me solicitan.

- Otra cosa que me fascina mucho es la teoría de **cuando uno toma un martillo y un clavo y se pega en el dedo, nunca va a culpar al martillo y menos al clavo** pero cuando te relacionas con gente culpabilizas a los demás. ¿Viste lo que quiero decir?

*¡Sí!. Xamanda. "¡Tomar tu propia responsabilidad!".*

*Una experiencia que me ha hecho estar muy tranquilo con la parte negativa del universo, fue durante un seminario de cómo usar el detector de mentiras. En una noche, a las 11, al lado de una piscina nos reunimos unos catorce participantes y hablamos sobre la maldad de ciertos individuos en este mundo. Entonces yo les dije: "Yo creo que si tenemos tanto dinero o tanto poder también nosotros nos corromperíamos".*

*"¡Ah!, no, no, somos más éticos, ¡nunca, jamás!" respondieron. Hicimos una experiencia. Cada uno debía pensar qué haría con tanto dinero, con un millón, con diez millones, con cien, con billones y todos naturalmente con el detector de mentiras puesto mientras desarrollábamos nuestras ideas. A las cuatro de la mañana lloramos todos de vergüenza al descubrir que nosotros no podíamos gobernar el uso del dinero y del poder que implica, como nadie puede.*

¡Qué buen ejemplo!. Pues el cerebro de cada persona únicamente es capaz de manejar una cierta cantidad de dinero, cada uno tiene **su** límite. Éste nos lleva al poder y el poder tarde o temprano nos va a corromper y esto es una cosa que hay que aprender para así hacer las paces con ciertas personas y comprenderlas, que no quiere decir que tienes que prestarles tu propia energía.

- Otro tema es **elegir el papel de ser un hombre o una mujer.** Si elegimos ser un hombre, nos sometemos a ciertos puntos de vista o domesticaciones: Que el hombre tiene que ser fuerte, no puede llorar, tiene que proteger a la mujer, mantener a la familia, etc. La domesticación es diferente en un hombre que en una mujer, por lo tanto ambos aportan muchas partes complejas.

Ahora tocamos el tema de la sexualidad. **La sexualidad es nada más y nada menos que vivir el amor o el miedo en el plano físico.** El hombre tiene la sexualidad para la procreación, etc., mientras la espiritualidad de la sexualidad lo invita a encontrarse consigo mismo en el orgasmo. La mujer busca primero la seguridad, la comprensión, para encontrarse consigo misma y de ahí se puede abrir a la sexualidad. Así que no es muy fácil entrar en una relación. Y si añadimos los derechos de posesión (mi hombre, mi mujer, hasta que la muerte nos separe, etc.) los conflictos con "soy fiel a mí mismo" ya están previstos.

Si consideramos que el hombre es un cazador y siempre lo será, y la mujer, la presa, identificándose con este papel natural -sabiendo que en realidad casi siempre es ella quien elije al hombre-, entonces habrá más sal y pimienta para una relación que se desarrolla interesante, ¡muy interesante!. Una relación sana está basada en la colaboración y la comprensión mutua.

• Una frase que he leído y me gusta mucho en cuanto al amor es: **"Te quiero no por quién tú eres sino por quién yo soy cuando estoy a tu lado"**. Esto naturalmente también se aplica a amistades. Pero en pareja es algo divino cuando uno puede vivir esta frase en toda plenitud, y naturalmente, el pico máximo sería si al mismo tiempo tú aceptas al otro, tal como es.

Creo sólo en la fidelidad a sí mismo, ser fiel consigo mismo nos lleva a una vida muy feliz y no necesariamente excluye la fidelidad a otra persona, pero el centro somos nosotros.

• Otro método de sentirse feliz y contento en este mundo es saborear, sentir y saber: **Cuándo el más se trans-**

**forma en menos.** Así que si queremos más de algo, pasado el límite, va a ser menos. Esto también nos hace estar alertas y si podemos mantener este equilibrio de no caer en la trampa de querer más cuando el resultado va a ser menos, es una maestría de vivir.

- Otra idea para vivir intensamente esta vida, es que **dándonos cuenta que si tenemos 100% de nuestras unidades de atención para resolver un tema a la vez, la solución es muy fácil.** Si tenemos muchos ciclos abiertos, estamos con muy baja capacidad de acción.

- Otra situación paradójica es una frase que he leído en un muro: **"Había guerra pero nadie iba",** es decir nadie participaba. Otra verdad muy simple y no deja de ser muy profunda. Si yo no me engancho con los problemas de los demás, entonces yo no doy energía y cuido sanamente mi universo.

- Otra creencia en nuestra vida es que **sólo podemos aprender a través de malas experiencias.** Yo hace ya muchos años que aprendo con buenas experiencias y afirmo que es posible.

*Xamanda, ¡explícame cómo puedo yo comprender que hay gente que sufre y no quiere ser ayudada!.*

Imagínate un alma que ha estado por millones de años en "la nube 7", en completa armonía, paz, felicidad y de pronto concientiza que en la Tierra se pueden experimentar a base de la "dualidad" también la desarmonía y el sufrimiento, en todas sus expresiones. Así que elige, como alternativa de la situación que tanto tiempo lleva, experimentar esto en una vida en esta tierra y quiere experimentarlo a todo costo, aunque una vez en la tierra, no puede recordar nada de ello, hasta que se conecte con su verdadera esencia, que fue la que escribió su propio guión. Es otra forma de la experimentación de Dios como ser humano: ¿Por qué sufrir?, ¿por qué no sufrir?.

Para que el cuerpo funcione, necesita la producción de endorfinas. Ahora los científicos han descubierto que dicha producción sucede a través de las emociones positivas (botón verde) **y/o** negativas (botón azul). Esta teoría de los botones verde y azul puede hacernos reflexionar. Al cuerpo no le importa de qué clase de emociones proviene la endorfina. Por lo tanto, depende de cada uno comprender qué botón estamos accionando para generarlas. ¿El verde o el azul?

*Xamanda, algunas personas tuvieron muchas dudas de ser ellos mismos los que escribieron el libro de su propia vida. Argumentan que de esa manera la vida sería letárgica, todo ya determinado, nada por aportar.*

Lo comprendo muy bien porque también yo tuve que sanear mis dudas. Ten en cuenta que dudar es una de las experiencias de Dios. El hecho que tú hayas escrito el libro de tu propia vida, quita toda alimentación negativa a las emociones. Como este universo ha sido creado a través de la curiosidad de Dios, cuando me entran las dudas mi voz interior me dice: "Sí, sí tú has escrito tu libro pero te has olvidado lo que está escrito en la próxima página". Y esto me hace recaer en el fluido de la vida. Encima tú necesitas creerlo para estar de acuerdo pues esto es **mi** punto de vista.

Ahora haremos un juego para analizar tu personalidad: Si tuvieras que resumir tu vida en una sola palabra. ¿Cuál sería esa palabra?.

*¡Disfrutar!*.

Ahora, si tú te dejas "caer" dentro de esta palabra: Disfrutar, sintiéndola profundamente, ¿qué otra palabra te surge?.

*¡Estar contento!*.

¡Muy bien!. La primera palabra viene de la mente y me indica que tu ego busca enfocarse en disfrutar la vida, a través de todas las situaciones y oportunidades que se te presenten, obsesivamente casi como un vicio. La segunda palabra viene de tu esencia natural y solamente quiere estar contento.

Entonces tu desafío va a ser lograr el difícil equilibrio entre estas dos fuerzas.

*¡Qué buen y simple análisis, esto es exactamente el dilema central de mi vida!. ¡Llego al punto que hasta en el dolor de cabeza busco el disfrute!. En vez de luchar la experiencia negativa, yo pido más dolor y más dolor y más dolor hasta llegar al alivio placentero, viviendo la dualidad.*

*¡Ja, ja, ja!.*

# 3. INTRODUCCIÓN A LA ASTROLOGÍA

*Xamanda en tu manuscrito das bastante importancia al tema de la astrología, y a mí también me parece muy informativo.*

La astrología obedece a una de las *"leyes"* de este universo y es una ciencia que se ha desarrollado en miles de años observando el comportamiento de los seres humanos bajo las influencias de los planetas.

Al leer la carta astral a una persona las diferentes influencias hablan de muchos detalles, de cómo es esta persona, por ejemplo: Su carácter, su comportamiento, etc. Pero la esencia pura de esta persona sólo la puedes captar como si todas estas informaciones fueran piedras de un mosaico. Cada uno tiene su valor propio, pero la esencia o mejor dicho el papel que esta persona ha elegido para vivir en este mundo, sólo se puede captar alejándose de este "mosaico" -el todo es más que la suma de las partes- de esta forma, ver el mensaje central.

Por esto me pasa muchas veces que al leer la carta astral, por unos momentos yo creo ser esta persona, yo siento cómo está esta persona y de ahí puedo captar el mensaje profundo que a veces casi es imposible de explicarlo con palabras.

Una carta astral tiene como parte del cielo doce signos representados por animales, doce casas donde los planetas tienen su influencia, y en este momento, diez planetas, que según su ubicación tendrán su potencia adecuada, los cuales pueden estar conectados por líneas rojas (tensión), azules (armonía) y a veces verdes ("ayuda desde el cielo").

Cuatro elementos se siguen en el transcurso del círculo. Mirando el círculo de la carta hay cuatro semiplanos de casas. El semiplano de la izquierda representa el

**yo**, el de la derecha informa cómo vive el **tú**, el de arriba habla de la **cabeza y de las ideas**, y el de abajo habla de las **emociones y de las sombras** de la persona. Esto es el escenario donde se desarrolla la vida.

El medio círculo inferior -del AC hacia el IC y hasta el DC- representa el espacio de la primera mitad de la vida. El ascendente (AC) representa el inicio de la vida, el cielo inferior (IC) la parte débil de cada uno. En este período dominan las influencias del signo de su nacimiento (herencia genética). Del descendente (DC) vía el medio cielo (MC) volviendo al AC experimentamos la segunda mitad de la vida, en este período domina la influencia de su ascendente (el Yo). El MC nos informa sobre la meta a largo plazo de la persona.

Son cuatro los elementos consecutivos en el curso del círculo. Hay siempre tres casas en el fuego (depende de la leña y del oxígeno), tres casas en la tierra (no puede moverse por sí misma), tres casas en el aire (inquietud por necesidad de movimiento), tres casas en el agua (escurridiza y necesita estar en movimiento para quedarse sana).

En este círculo los planetas representan el libreto, el rol de nosotros los actores.

El ingrediente más importante de la astrología es la interpretación de los signos, sus planetas y sus casas correspondientes:

- El signo **ARIES** (fuego) tiene como planeta a *MARTE* (guerrero) y reina la primera casa (cómo me proyecto hacia los demás y cómo me siento yo). En el cuerpo humano representa la cabeza. Tienes que imaginarte que la cabra macho ha pasado todo el invierno en el establo, en primavera el paisano le abre la puerta y la cabra macho sale disparada y rompe tres o cuatro vallas sin darse cuenta. Entonces una de las características de Aries es que no le importa darse contra las paredes. Al igual que en todos los signos, también Aries tiene dos facetas: Una, rompe la pared y la otra, elige pasar por la puerta, a veces rompiéndola.

- El signo **TAURO** (tierra) tiene como planeta a *VENUS* (estética sensual) y reina la segunda casa (seguridad, sobre todo económica). En el cuerpo humano representa el cuello. La característica principal es: Aquí estoy y de aquí no me muevo mientras haya pasto en este lugar. El mayor incentivo para moverse es la capa roja y naturalmente la falta de pasto.

- El signo **GÉMINIS** (aire) tiene como planeta a *MERCURIO* (mensajero) y reina la tercera casa (comunicación). En el cuerpo humano representa los pulmones. El géminis tiene dos caras y su propio problema es que muy raras veces sabe qué cara está actuando, esta característica es problemática también para los demás. Es brillante en comunicación y le gusta tener la última palabra.

- El signo de **CÁNCER** (agua) tiene como planeta a la *LUNA* (emociones) y reina la cuarta casa (hogar). En el cuerpo humano representa los pechos y el estómago. En la naturaleza, el cangrejo no tiene un arma eficaz para defenderse, por eso tiene los ojos arriba y controla, con un radio de

360°, todo su entorno. Otra capacidad que tiene es retirarse rápidamente dejando un vacío entre sí y el otro (manejar un vacío es muy difícil para la mayoría de la gente).

- El signo **LEO** (fuego) tiene como planeta el *SOL* (soy el rey) y reina la quinta casa (placeres de la vida, familia). En el cuerpo humano representa el corazón. El leo depende de los demás para ser rey, para ser feliz necesita una reina. En otoño, cuando la gente entra la cosecha, el rey dice adjudicándose el mérito: "Mira lo que **yo** hice".

- El signo **VIRGO** (tierra) tiene como planeta a *MERCURIO* (mensajero) y reina en la sexta casa (salud y oficio). En el cuerpo humano representa el intestino. Para virgo todo tiene que estar encasillado y se vuelve loco cuando encuentra algo en la vida que no puede ubicar en una de las casillas. Es muy metódico y le gusta trabajar ordenadamente.

- El signo **LIBRA** (aire) tiene como planeta a *VENUS* (estética sensual) y reina la séptima casa (relaciones). En el cuerpo humano representa los riñones. Para Libra es importante que nadie lo saque de su equilibrio y quiere ser centro, por lo tanto, reina.

- El signo **ESCORPIO** (agua) tiene como planeta a *PLUTÓN* (bomba kármica) y reina la octava casa (administra los bienes de los demás / sexualidad). En el cuerpo humano representa los órganos sexuales. El escorpión vive debajo de la piedra y al lado de un charco de agua y sólo pica si se lo ataca o él se siente atacado. Arremete contra sí mismo cuando no ve la salida en una situación muy crítica de su vida.

- El signo **SAGITARIO** (fuego) tiene como planeta a *JÚPITER* (expansión / abundancia) y reina la novena casa (filosofía, religión, viajes internacionales). En el cuerpo humano representa los muslos. El sagitario ha sido enviado por Dios para imponer la ley y el orden en el mundo y por esto nunca se equivoca, es decir, siempre está convencido de tener razón, ¡porque lo ha enviado Dios!.

- El signo **CAPRICORNIO** (tierra) tiene como planeta a *SATURNO* (introversión / humildad) y reina la décima casa (escenario público). En el cuerpo humano representa las rodillas (entregarse). Se dice que el capricornio nace viejo y muere joven. Como él está encima de la montaña, tiene la mejor visión de todos los signos, no se le escapa nada y por eso tiene la fama errónea de controlar. En la juventud es poco comprendido, la gente lo desafía, frente a esto puede responder de dos maneras diferentes: Una, se retira derrotado y otra, acepta el reto y triunfa. Puede conformarse con poco.

- El signo **ACUARIO** (aire) tiene como planeta *URANO* (cambio abrupto) y reina la onceava casa (amistades). En el cuerpo humano representa las pantorrillas. Como la libertad es el tema principal del acuario, busca continuamente la libertad en vez de vivirla. Representa la libertad sin saberlo y por eso puede caer en miedos y fobias.

- El signo **PISCIS** (agua) tiene como planeta a *NEPTUNO* (lo místico) y reina la doceava casa (transformación con pesar). En el cuerpo humano representa los pies. Tanto el acuario que tiene toda la libertad en el aire, como el piscis que la tiene en el agua, a ambos les es difícil saber hacer uso de ella. En el mar (libertad) tiene miedo y en un acuario se asfixia. Su fortaleza es la fuerza de sufrir casi ilimitadamente. El piscis está en el segundo lugar (está buscando el rol de víctima), lamentándose naturalmente de esta situación hasta que en raros casos se da cuenta que el segundo lugar puede ser el más protegido.

Una información muy importante es el porcentaje de planetas ubicados en signos masculinos y femeninos de una persona. Fuego y aire son masculinos y agua y tierra son femeninos. Imagínate un hombre viviendo en un ambiente puramente masculino y tiene 70% de sus planetas en signos femeninos. Hay que darse cuenta que masculinidad no tiene nada que ver con hombre, sino es **acción** (actuar y vencer obstáculos) y la feminidad no tiene nada que ver con mujer, sino es **no acción** (abierto y receptivo).

*Sí, sí... al leer tu manuscrito me dio mucha alegría comprender los problemas que me causó el hecho de ser hombre y de tener más planetas en signos femeninos.*

Al interpretar una carta astral los siguientes símbolos pueden transmitir mucha información con pocas palabras sobre las relaciones futuras de esta persona:

- Marte representa el padre en la concepción y Venus representa la madre. Estas influencias pueden ser tan fuertes que una mujer buscará las características de su Marte en su pareja y el hombre buscará una pareja con las características de su Venus.

- La Luna da información del estado emocional de la madre en el parto, así como el Sol del padre.

Con los signos en agua o tierra, la madre tiene mayor influencia, mientras que con los signos en aire o fuego, es el padre quien ejerce la mayor influencia.

Con las informaciones sencillas de arriba yo he podido leer cartas astrales a mucha gente con buen éxito. Naturalmente me ayuda la intuición y a veces mi imaginación y sobre todo, la curiosidad de los demás, abriéndose.

Así la astrología es capaz de dar información sorprendentemente precisa como por ejemplo:

*Júpiter* (expansión) en conjunción (estar junto) con *Saturno* (introversión) en la 9° casa en el signo de Tauro.

Significaría como posible interpretación:

A esta persona le hace muy bien frecuentar el sauna, caliente (expansión) y reposo (introversión) al mismo tiempo (conjunción). Le gusta viajar (9° casa) pero tiene que sentir el hogar propio donde más frecuenta (Tauro) y por consecuencia no le gusta viajar de hotel en hotel. Disfruta entusiastamente en profundizar filosofías (9ª casa).

Todo este anexo de astrología sirve para comprender mejor a las personas que te rodean y/o crucen tu camino y sobretodo ¡a tí mismo!.

# EPÍLOGO

*Xamanda, ahora sí ya integré casi todos los aspectos (todas las piedritas del mosaico) de tu manuscrito, interpretándolo a mi manera y sabes... de alguna forma inexplicable me sentí unidad contigo.*

*Para completar mi mosaico, me falta un punto de vista importante y es*

## La relación de la Tierra hacia el ser humano.

*Basándonos en el principio de "el exterior corresponde al interior y viceversa", hemos mencionado con ejemplos, en el tratado de Astrología sobre la correlación entre planetas hacia el ser humano, que la tierra debería también moldear el comportamiento del hombre ¿no?*

Aquí mencionas un tema interesante. Para que lo expongas lo más libre posible de prejuicios, te doy –según el concepto mosaico- diferentes informaciones de ese círculo temático. Con la ayuda de tu intuición, podrás sacar tus propias conclusiones.

- Cada país, hasta cada ciudad, tiene su propio horóscopo (por ej.: Uruguay es virgo con ascendente piscis / E.U.A. cáncer con sagitario / España sagitario con acuario / Suiza virgo con escorpio, etc.).

- En sus viajes, las personas sensibles cuando recorren los lugares, se dan cuenta que sienten diferentes sensaciones en cada país, incluso en cada ciudad.

- De acuerdo a nuestro horóscopo y dependiendo del lugar, la Astro-cartografía nos muestra cómo experimentamos la transformación de nuestras personalidades. En cada uno de estos países/ciudades nuestras fortalezas y nuestras debilidades se manifiestan de forma diferente.

• Feng-Shui es el arte y la ciencia de la armonía entre la vida y sus alrededores, o sea que los puntos marcantes que nos circundan en nuestro ambiente se pondrán en correlación con el ser humano. Nos ayuda a crear un contorno en el que el individuo puede vivir compaginando con la naturaleza y con las oscilaciones de la materia sutil de la tierra. El Feng-Shui nos informa en especial, de qué forma las energías del entorno hacen resonancia con nosotros para tomarlo en cuenta en la construcción de apartamentos o casas.

• En una conferencia científica me enteré que una sola erupción volcánica dañaría más a nuestro medio ambiente que lo que nosotros, la humanidad, hemos sido capaces de perjudicarlo en los últimos 60-80 años.

- Sobre la tierra hay sitios famosos por ser lugares energéticos que a veces suelen estar conectados unos a otros (el Triángulo de Bermudas / el Triángulo de Oro, etc.). La mayoría de las iglesias fueron construidas sobre estos puntos energéticos.

- Los sistemas calendarios utilizados por los mayas, quienes se orientaban astronómicamente, consisten en diferentes ciclos de tiempo, cósmicos y terrestres. Por ej.: 18980 días = 52 años / 144000 días = 395 años / 5125 años (es un ciclo que coincide con los mayas, los indios Hopi y las Vedas) / 25627 años, etc. Todos estos ciclos terminan el 21.12.2012. También nuestra actual cuarta era finaliza aproximadamente en esa fecha y una quinta (llamada de la luz) empieza.

Para esa fecha la tierra estará en una línea con nuestro sol y el punto medio de nuestra galaxia, y todavía al mismo tiempo, estará directamente en el ecuador de la vía láctea.

• Existe permanentemente una tensión eléctrica entre la Ionósfera con carga eléctrica positiva y la superficie de la tierra con carga eléctrica negativa, la cual se descarga por medio de las tormentas. Por la misma razón, se producen frecuencias de resonancia (también llamadas ondas de Schumann), con las cuales la tierra empieza a oscilar. Hasta 1983, la frecuencia de resonancia más baja estaba constantemente en 7,83 Hertz (onda Theta = sueño hipnótico – o sea que de alguna forma ¡¡hasta ahora dormimos!!).

En los últimos tiempos, esta frecuencia ha aumentado en forma constante y ya se encuentra aproximadamente a 12 Hertz (onda Alpha = estado despierto relajado). Se cree que esta frecuencia Schumann aumentará hasta el 2012 a entre 13 y 14 Hertz (ondas Beta = estado despierto normal), de manera que vamos a experimentar una transformación del estado de conciencia, que nos permitirá resolver más fácilmente nuestros problemas terrestres.

Los investigadores científicos encontraron además, que tanto nuestro cerebro como el corazón, oscilan con las frecuencias Schumann también. La variación de estas frecuencias da como resultado una ampliación del estado consciente, lo cual nos pone a nosotros (y a la tierra) en situaciones estresantes pasajeras. Eso nos hace sentir como si el tiempo se nos fuera como agua de las manos (se considera que el día que hasta ahora era de 24 horas equivale actualmente a uno de 14 horas). Como el cerebro reacciona a energías y vibraciones externas con una orientación nueva de su circuito de cambios interno, se nos abre aquí la posibilidad de aprovechar las capacidades de nuestro subconsciente jamás sospechadas. Este efecto será aún reforzado por el retroceso del campo magnético terrestre.

• Los investigadores científicos del cerebro han descubierto que informaciones (como por ej.: levantar el brazo) ¡¡ya existen algunos segundos **antes** de que surjan en nuestros pensamientos!!

- Muchos indígenas llaman a la tierra "Tierra Madre". Me siento rara haciendo referencia al tema "madre" ya anteriormente descrito en este libro. También la biblia nos hace alusiones que surgimos de la tierra. Siendo entonces la tierra madre, ¿qué tanta es nuestra influencia sobre ella? O incluso... ¿no es justo al revés?

*¡¡Fantástico!! Xamanda, tu franqueza me ha impresionado. Me alegro de que muchos lectores aprovechen este libro como inspiración para realizar su propio libro, y de esa manera, aprender a entenderse y a quererse a sí mismos mejor. Por medio de la comprensión de sí mismos y de su propio mundo, las cosas importantes obtienen menor significado, minimizando la actual realidad, impidiendo así que las fuerzas duales compensadoras nos golpeen con*

*tanta fuerza. Y como resultado: una vida satisfactoria.*

*Para finalizar quisiera citar a un amigo –un pintor famoso–:*

*"¿Qué es lo que hace a esta rosa tan hermosa? Es porque la fuerza de su belleza surge sobre todo de su alrededor, con el que está conectada y no sólo por sí misma. Todo lo que la rodea es parte de la rosa".*